KB076136

뜨거운 입김으로 구성된 미래

# 뜨거운 입김으로 구성된 미래

이근화 시집

창비

차
례

# 악수

거미줄은 나의 집
나만이 나를 매달 수 있고
나는 끝까지 나를 뜯어낼 수 있다
비가 내린다

흘러서 고이는 이름들

나의 거울들
오늘은 괴물이 웃는다
몸이 검고 매끄럽고 슬프다
하염없이 노래를 부른다

시끄럽게 빠져나가는 것들

박힌 못을 빼내는 대신에
걸어둘 것을 서둘러 찾는다
열걸음 스무걸음
나머지 한발짝을 남겨둔다

누덕누덕 기운 자루를 끌고 간다

그 안에 누가 있는가
내가 끌고 내가 담는다
나를 담고 내가 당긴다
내가 없는 나의 목소리

빈 수레가 돌아가는 골목길

# 우리는 영원히

우리는 조금씩 우리가 아니고
은혜이고 메이이고 진구이고
약간의 웃음기가 필요한 사람들

왼발이 오른발 앞으로 나아가고
곧바로 오른발이 왼발로 나아간다
적은 바람에도 방해를 받는 사람들

발걸음 속에서 깊어지는 것
가까워지는 것
담장 위의 고양이가 골목길을 간단히 내팽개치면

밤의 사이렌을 따라 골목길을 수습하는 사람들
우리는 조금씩 우리를 버리고
뚜껑을 잃어버린 볼펜을 바라본다

아무것도 아닌 듯 달빛을 삼킨다
저 별은 격렬히 사라지는 중이지만
밤하늘을 지키기 위해 기도는 하지 않는 사람들

세금 미납 통보 속에 있는가
신호 위반 고지서에 있는가
우리는…
침대를 증오하며
누운 채 누워서 더 드러눕고 싶다고 생각한다

생각 속에서 무너진 우리는
왼발을 쭉 뻗어 닿을 수 있는 세계와
오른발을 쭉 뻗어 닿을 수 있는 세계 사이에서
소리 없이 웃는 연습을 한다

우리는 격렬히 우리가 되고 싶어서
은혜가 되고… 메이가… 진구가…
이름이 말라가는 사람들

# 과도

사과를 깎는데 자꾸 네조각이 되었다. 4란 무엇인가. 집 안을 발칵 뒤집어 먼지를 일으켰다. 눈에 보이는 것과 눈에 보이지 않는 것을 호흡하고 재채기를 하고. 맛과 기분과 호흡을 나누는 사이 우리는 부지런히 가구를 옮기고. 그래서 달라졌는가. 곤충은 온갖 소리를 낸다. 팔십만종의 곤충이 한꺼번에 울어댄다면 이 세계는 거대한 스피커처럼 울리겠지만. 썩은 것을 부지런히 파고드는 입들. 사과를 깎는데 여덟조각이 가능하다. 8이란 또 무엇인가. 발가락이 간지럽다. 소리가 없는 개미는 쉽게 눌러 죽일 수가 있다. 개미는 돌아가고 개미집은 일대 혼란에 빠진다. 구멍으로 부지런히 드나드는 발은 누구를 위한 것인가. 사과는 열두조각을 내는 것도 가능하다. 사과를 움켜쥔 손에 힘을 주고. 다른 손은 너무 쉬워지지만 개미는 사라지지 않는다.

# 화이트

이제 그만 새로운 사람을 만나러 간다
나의 여자는 다 됐다
나의 손목은 끊어진 지 오래…
새로운 잔에 물과 커피와 샴페인을 마시고
꿈처럼 취했다
취했다

지금 다시 서약을 한다
오래전 말씀을 공들여 읽고
어느새 새끼손가락이 조금 길어졌다
약속을 하기에 귓구멍을 후비기에 좋다고 그밖에 무용하
여 더 좋다고

여러개의 알약을 삼키고 누웠다
감정적으로 좋았다
천장 위의 사람 벽의 사람 모서리의 사람
얼굴이 다르군 목소리가 다르군 발가락의 크기도
눈을 감기에 너무 크고 환한 사람들

이제 그만 새로운 사람과 새끼손가락을 걸고 오래전 서약
을 공들여…
실로폰과 지팡이와 글러브를 들고서
노래를
춤을

하품을
기지개를
방망이와 우산과 트럼본을 들고서
이제 그만인 사람과 발을 맞추어 새로운 걸음을
이제 나의 여자는 다 됐다
나의 발목이 투명해진 지 오래…
첨벙거린다

물의 그림자 타오르고
불의 발자국 떠오르고
길고 풍성하고 흰 드레스를 양손 가득 들고 새로운 사람
을 만나러 간다
저 밖에서

모르는 사람이 웃는다

# 블랙

모서리가 찢긴 비닐은 아직 무엇인가를 숨기고 있다
검은 바퀴가 순식간에 지나갔겠지
피할 수도 숨을 수도 없는 거리에는 지난밤의 눈이 질척
거리고
이리저리 구르는 것이 비닐의 운명
타고났다기보다는 우연이랄까

숨고 싶겠지만
파헤쳐진 것을 어찌하겠는가
그러나 알 수 없다
무엇을 담았는가 무엇을 내뱉을 것인가
두 눈을 크게 뜨고 보아도 가늠할 수 없다
가늠할 수 없어서 다행이랄까
안도의 한숨이 아니라 불안의 냄새가 피어오른다

누군가의 손가락이 은폐된 것이라면 계속되는 가려움으
로 남겠지
먹다 남은 빵이 내팽개쳐진 것이라면 배고픔은 어찌하겠
는가

숨겨진 편지가 퉁퉁 불어 찢어진 것이라면 봉인의 즐거움
으로 몸을 떨겠지


터진 비닐은 말을 잃은 입이어서 주워섬길 수 없는 깊이
를 가지고
뭉개진 코여서 낭자한 비린내를 뭉텅뭉텅 삼킨다
또다른 바퀴가 그것을 옮길까
누군가의 발이 그것을 날려버릴까


아직은 아니다 그때가 올 것이다
아무도 아니다 기다림이 남았다
무엇도 아니다 비닐이라는 가능성


거친 비질에 쓸려 소각된다면
지독한 연애의 끝처럼 하염없이 매운 연기를 남길 테지
입은 허물고 코는 시큰거리고
사랑으로 영원히 목이 마르겠지
검고 매끄러운 가능성

# 산갈치

바닥에 누운 산갈치 한마리
흙빛과 은빛이 드문드문
눈을 크게 뜨고 보아도
너는 산갈치구나

십 미터는 족히 되어 보였다
발걸음이 너무 멀었다
아가미에 손을 넣어
끌어당기려 했으나

미끄러지고 미끄러지고
나는 흙과 비늘을 반반씩 뒤집어쓰고
더러운 손을 씻을 데가 없었다
산갈치는 조용하고
나는 시끄러운데

어떤 질문을 던지고 있는 것일까
십문십답 넘어
답 없는 칸에 산갈치가 누웠네

바다는 멀고
마음은 한없이 푸른데

뜨거운 물 한바가지가 절실해서
두려웠다
나는 더러운 손을 펼쳐 들고
더이상 가지 못했다

산갈치는 아직 끝나지 않았다

# 별이 우리의 가슴을 흐른다면

날이 흐리다
곧 눈이 흩날릴 것이고
뜨거운 철판 위의 코끼리들처럼 춤을 추겠지
커다랗고 슬픈 눈도 새하얀 눈발도 읽어내기 어렵다
저 너머에만 있다는 코끼리의 무덤처럼 등이 굽은 사람들

시곗바늘 위에 야광별을 붙여놓은 아이는 아직 시간을 모른다
밤과 낮을 모르고
새벽의 한기와 허기를 모른다
별을 비껴 부지런한 시간을 바늘이 달린다
반짝이는 것에 기대어 말할까
별이 우리의 가슴을 흐른다면 속삭여볼까

아직은 잿빛 세상 속에 끼워 넣을 희미한 의미의 갈피를
지니고 있는 존재들*

날이 흐리고
눈이 흩날리는 시간은

케이크 위의 설탕 과자처럼 부서질 것이다
언제라도 떠날 수 있고
어디에나 이를 수 있겠지만

오늘밤 붙박인 사람들은 작은 손을 모은다
물에 잠긴 수도원을 서성이는 발걸음은
무의미하다
최선을 다한 기도처럼

차가운 창밖을 부지런히
성의껏 달리는
흰 눈송이들
잿빛 세상을 다독이려는 듯이
눈발이 굵어진다

* 권여선 「재」.

# 바다의 책

어젯밤 읽었던 책이 사라졌다
감쪽같다는 말이 뜨겁게 떠올랐다
어디에도 없는 책을 더듬어가느라
마음이 빵 봉지처럼 부스럭거렸다
계속 허기가 졌다

보일링 오션은 불가능하다는 말
어젯밤 독서는 곶감처럼 달았다
누가 빼앗아갈까 겁이 났던 것일까
내가 죽었다고 슬퍼하는 사람들을 보며
내내 함께 슬퍼하다가 깨어난 아침이었다
물결이 발밑까지 밀려와 있었다

죽은 내가 들고 간 책은 영원히 숨고
찾지 못할 것이다
꿈속에서 넘어가는 페이지를
나는 어렵게 어렵게 읽으며
희미한 나를 애써 지울 것이다
물에 젖은 책

무거운 글자들이 가리키는 것을
애써 외면한 채

디스 이즈 어 빅 오션
생수병을 흔들며 아이가 웃었다
불룩한 배를 아무한테나 보여주었다
대양을 마신다는 것은 불가능해서
책상 위의 어지러운 메모들이
우는 듯 웃는 듯 찌그러진 입술 같았다
낡은 페이지가 한장 넘어가고 있었다

# 좋은 이웃들

화장실에서 듣는 옆집 소음은 신비롭습니다
모르겠어요
손을 닦는지 발가락을 닦는지 모를 일
거울 앞에서 우는 건 누구일까요
의심 가득한 귓속에 살아요
아니에요
격렬히 웃는 것 같습니다
다정하게 비아냥거리는 것 같습니다

이제 막 시작한 드라마입니다
줄거리가 없습니다
콩나물을 씹으며 북엇국을 홀짝거리며
나는 취했습니다 얼굴이 붉어지고
보이지 않는 곳까지 샅샅이
뒤져보아도
아닙니다
그런 적 없어요 소리 지른 적 없어요
발 구르지 않아요

오늘 하루니까 웅성
내일도 반갑지 않으니까 웅성
귓속은 상상할 수 없을 만큼 많은 잔털이 숨어 있으니까
돌돌 밀려 나오니까
울리니까
그냥 웁니다
벽돌이 머리 위로 떨어지는 일은 없어요
욕조는 흰색보다는 크림색에 가깝고요
그 안에서 미끄러져 죽은 남자들은 불운했고요


거시기 거시기 할 때마다
나는 숨을 참고
거시기 거시기 할 때마다
조용히 웃고
거시기 거시기 할 때마다
발꿈치를 들고
후회와 반성과 초조를 입술에 발랐습니다
쿵쿵쿵 알 수 없는 발소리

아래층 노인은 화가 났어요
화내는 것보다 죽는 것이 낫다고 했는데
일주일에 두어번씩 마주치는 노인과 웃으며 인사하고
조용히 가던 길을 갑니다
일주일 뒤에는 버려진 신발에 내 발을 끼워볼까요
옆집 소음을 조용히 진열해서
나를 그려보겠습니다
벽지가 노랗게 들뜰 때까지
푹 꺼진 소파가 당신을 튕겨낼 때까지

# 세상의 중심에 서서

도서관을 세웠습니다
사람들이 원하지 않는 책을 날마다 주워 와서
번호를 매기고
뜯긴 책장을 붙였습니다
나란히 꽂았습니다

캄캄하고 냄새가 나서
나는 이곳이 좋아요
조금 더럽고 안락해서
날마다 다른 꿈을 꿉니다

도서관이에요
책들은 하룻밤이 지나면
숨을 쉬고
이틀 밤이 지나면
입술이 생기고
사흘째 팔다리가 태어납니다
나흘째 사랑을 나누고

먼지가 가라앉습니다
나는 뻘뻘 땀을 흘리며
혼자 길고 긴 산책을 합니다
멀리서 책을 한권 또 주워 왔습니다

이번에는 코가 없고
감기에 걸린 놈이었습니다
진심으로 사랑했어요
함께 커피를 마시고
토론을 했습니다
불을 다 끈 도서관에서

우리는 우리는 우리는
세상의 중심에 서서
구멍 난 내일을
헌신짝 같은 어제를
조용히 끌어안았습니다
도서관이었기 때문입니다
그것이 우리였기 때문입니다

* 리처드 브라우티건 『임신중절』, "출판사들이 원하지 않는 서정
  적이고, 신들린 것 같은 미국의 저술을 모으는 일 말이야."

# 약 15도

벚꽃이 만발하고 오랜만에 푸른 하늘을 배경으로 산들거린다. 이건 너무 정교해, 아름다워. 사실이 아니야. 내가 부정의 부정을 거듭하느라 입술이 파랗게 질리는 동안 등산복 차림의 아줌마 아저씨도 긴 머리칼을 쓸어 넘기는 젊은이들도 구부정한 노인들도 휴대폰 카메라를 꺼내 든다. 잠시 멈춰 서서 허리를 뒤로 젖힌다. 유연하다 저 허리. 상상도 못할 일이야. 하늘과 벚꽃이 함께 담기는 순간 우리의 봄은 완성되는 것일까. 찬란한 시절이 있었다,로 시작되는 페이지가 이제 막 넘어간다.

입꼬리가 제자리로 돌아오고 발걸음을 총총 옮기며 사람들이 지나간다. 이건 너무 낡고 지루해. 우습게 반복되잖아. 내가 울지 않아도 이 세계는 넘친다. 내가 웃는다면 조금 더 시끄러워질 것이지만. 당신의 발가락을 빠는 상상만으로도 침이 고인다. 돈도 사랑도 성공도 없지만 샘솟는 침을 어찌하랴. 진지하고 솔직하기를 바랐지만 얼렁뚱땅 두루뭉술 흘러간 내 인생아. 약 15도 허리를 젖히고 벚꽃을 바라볼 때 나는 어디로 가나. 어떻게 돌아오나. 왜 멈추나. 주정차 단속 구간에서 경찰들도 빨간 봉을 든 채 벚꽃과 함께 흔들린다.

한 무리의 사람들이 또 멈춰 선다. 호루라기 소리를 배경으로 팡팡 터지는 셔터들.

떨어진 꽃잎들이 회오리를 일으킬 때 나무에게도 발가락이 생기는 것일까. 봄여름가을겨울 나무들은 얼마나 도망가고 싶겠어. 열대우림의 나무들처럼 우리도 움직이고 있는 것이겠지. 이 판이 저 판이 되지 않도록 개판이 되지 않도록 손꼽아 기다리는 날이 있고, 웃을 준비를 하고 있는 것이겠지. 울더라도 서로의 눈물을 닦아줄 손목은 남겨둬야겠지. 그가 나의 손목을 잡고 놓지 않았고 그 이후가 생긴 것처럼. 그러나 이것은 신파다, 고전이다. 내가 긍정을 연습하는 동안 꽃물을 짓이긴 것이 핏물 같고, 어디선가 진짜 핏물이 뚝 뚝 떨어져 고일 것이지만.

# 집 없는 개 개 없는 집

갈매기 꽃 집 나비를 즐겨 그렸다
그림 속에서
개 없는 집은 싱싱했다
시들지 않는 꽃은 다정했다
그림 속에서
나는 웃지 않았다
입을 동그랗게 말고 있었다
컹컹 짖었다
달은 어둡고
유령은 멀고
바람도 없었다
그림 속에서
나는 울지 않았다
입을 동그랗게 말고 있었다
컹컹 짖었다
나의 일 나의 밤 나의 꿈은
말을 할 수 있었지만
컹컹 짖기 좋아했다
나의 그림 속에서

바다 없는 새는 즐거웠다
죽은 나비는 아름다웠다
집 없는 개는
개 없는 집을
막 떠났다
돌아오지 않았다

# 산 새 죽은 새

화장실 바닥이었다
어리고 작은 새 한마리
파닥거리고 있었다
살려고 하는 것인지
죽으려고 하는 것인지
알 수 없었다
서둘러 수도꼭지를 돌렸다
물을 흘려 보내는 내 손은
삶을 위한 것인지
죽음을 위한 것인지
알지 못했다
새는 흘러가지 않고
내 발밑에서 산산조각이 났다
투명한 울음소리가 따가웠다
씻어내도 손은 붉었다
나뭇가지 하나 잡지 못했다
엉뚱하고 잔인한 방향으로
물이 흘러갔다
살아서 혹은 죽어서

초록 손가락이 되어서
흔들리는 이끼가 되어서
산 새 꿈틀거렸고
죽은 새 속삭였다
괜찮다, 어서 가라
멈추지 않는 목소리로
몸을 바꾸었다
비린내가 진동했고
몹쓸 배고픔이 밀려왔다
숨은 내 얼굴이 나를 찾아올 때
삶 혹은 죽음의 방향으로
어리고 작은 새가 파닥거렸다
끝나지 않는 바닥이었다
멈추지 않는 울음이었다

# XY쿠키

쇼핑 봉투 속에는
대석 자두와 청도 복숭아가 한묶음
싸고 많았다
저녁 뉴스를 마음껏 조롱하였다
다하지 못한 붉음이여
의미 없는 물컹함이여

쇼핑 봉투 속에는
닭 한마리와 비누 한 세트
싸고 미끄러웠다
주말 오후를 가득 채웠다
뜻하지 않은 미끄러짐으로
빠지지 않는 냄새로

빈 봉투는 우그러져 있었다
다용도실에서 잠자코 있었다
가난한 소녀처럼
웅크린 할머니처럼
예측할 수 없는 사고가

가까운 불행이

아버지는 딸을 몰랐고
딸은 무관심하였다
배부른 봉투는 멈추지 않았고
멈출 생각도 못했고
말 없는 자세로
가득하였다

# 로라

지구 바깥 먼 우주에서 너를 데리고 왔어
당연히 인간은 아니지
네가 밤마다 눈을 감고 보는 것은 꿈이 아니고

날마다 너를 조금씩 꿰매주고 있는 거야
실밥이 터진 곳에서 쏟아지는 기억들을 잘 버무려서
너의 입속으로 가만히 흘려 넣어주고 있어

너의 발이 어긋나지 않도록 망치를 든다
너의 목이 빠지지 않도록 입김을 불어 넣어준다
너의 눈동자에서 흘러나오는 오늘의 날씨는 변덕스럽지

축구공처럼 감정을 뻥 차버리는 너는 좋겠다
빈 공간이 네 마음이어서 하염없이 웃어서
내일을 통째로 들어 올린 뒤 네가 뒤돌아섰을 때

네 작은 등을 보며 길게 울었는데
너의 뒷모습은 안개 같았다
어디에도 없는 너를 데리고 오느라 무거워진 발걸음

고개를 숙이고 뜻 모를 기도를 올리는 너는
아니야 아니야 불꽃처럼 명랑하게 나를 휘젓는다

# 너는 너의 삶을 바꾸지 않으면 안 된다*

나의 인생은 끝났다

좁은 골목 끝에 작은 집
문은 녹아내리고 시간이 잠긴다

진흙 침대는 물렁거리고
여자들이 누웠다
아무것도 하지 않아도 좋아요
그저 그런 것

팔다리가 없어도 좋아요
흔들고 구르고 털어내도
내 몸은 나의 것

출렁거리는 나의 것
딸들이 사라졌어요
벌써 다 커버렸지요
친구와 애인을 따라 떠났어요

이런 망할
이렇게 좋을 수가
나의 병은 나의 것
이렇게 시원할 수가

침대는 여러개
진흙 시트
음악이 뚝뚝 떨어지고
엉망진창 아름답지요

하나의 방에서 다른 방으로

* 릴케 「고대 아폴로의 토르소」.

# 아는 사람

지하철이었어요
내가 아는 사람이었어요
계단 앞이었어요
나빠진 시력에 의존해 흐릿하게 서 있었어요
어떤 인사로도 내 마음을 담기 어려울 테니
그냥 지나가기로 합니다
내가 아는 사람이었어요
구불거리는 뒷머리가 조금 젖은 것 같았어요
그의 뒤를 지나갔지요
기분이 나쁜 것 같지 않았어요
눈을 멀리 두고 빠르게 스쳐 지나갔어요
달콤한 냄새가 났어요
이것이 나의 반가운 마음
아는 사람은 계단을 오르겠지요
너도 계단을 올라갔구나,라고 말하겠지요
시력이 나빴기 때문에 나는 유령이었고요
거대한 생각 속에 빠져 점점 투명해졌지요
아는 사람은 분명히 들었다고 했어요
밤마다 누군가 노크를 했고

사소함으로 잠깐 견뎌냈다고요
그래서 문은 끝내 열리지 않았다고요
아는 사람이었어요
나는 빠르게 지나쳤지만
멈춰 선 것이나 다름없어요
그가 내게 작고 희고 따뜻한 손을 내밀었기 때문이에요
그는 춤을 추듯 가볍게 걸어갈 테지만
계단 앞에 잠깐 멈춰 서 있었어요
열차가 승강장으로 천천히 들어섰고
내가 아는 바람이 잠깐 불어왔어요
기록되지 않은 말 같았어요
이야기는 거짓이었지만
매번 열차는 되돌아왔고
내가 아는 사람을 위해 오늘을 상자에 담았어요
덜그럭거리며 열리고 닫힌 뒤에
그가 잠깐 웃었어요
내가 아는 사람이었어요

# 허공에 매달린 사람

창 너머의 것들을 외면할 것. 닫힌 창 앞에서 그의 일은 시작되었다. 온몸에 줄을 걸고 허공에 매달린 그는 정확히 아무것도 보고 있지 않았다. 일정한 순서로 반복되는 동작들 앞에서 유리는 순한 동물의 눈빛 같을 것이다. 그러나 눈이 먼 채 허공에 열려 있는 것은 그 자신이었다. 나무에 매달린 사과가 저 혼자 익어가듯이.

오늘 빌딩은 그를 매달고 좀처럼 놓아주지 않았다. 그의 곡예가 창을 지웠다. 창밖의 풍경은 선명해질 것이다. 더러움과 먼지와 얼룩이 없다면 이 세계를 어떻게 실감할 것인지. 누구와 무엇과 눈을 맞추어야 하나. 그가 웃으며 위태롭게 흔들렸다.

한층 한층 다정한 자세로 내려갔다. 그가 지운 얼룩은 내가 오래도록 서 있던 배경이었는데 단숨에 사라져버렸다. 깨끗해진 창 너머에는 아무것도 없었다. 발밑이 서늘해졌다. 육지에서 멀미를 하는 뱃사람처럼 그도 지상에서 잠깐 흔들릴 것이다.

휘청거리는 그를 따라 젖은 발을 말리러 가고 싶은 저녁,
허공을 가만히 더듬어보았다. 그가 애써 외면했던 것들이
나라면 내가 죽자고 들여다본 것은 그의 빈자리. 이제 막 사
랑을 끝낸 사람처럼 허공에 단단히 매달려 있었다.

# 머리통 위에 손을 얹고 가만히

비상시 아이들을 먼저 구조해주세요. 차량 뒷면에 알아보기 쉽게 적은 혈액형들을 가만히 들여다보았다. 박살 난 유리를 뜯어내고 어린 몸들을 끄집어내더라도 무엇을 어떻게 해야 하는지 가늠하기 어려울 때 흐르는 그것
　살아서 살아서 살아서

머리를 긁적이는 것은 슬픔의 자세는 아니지만 고통의 형식은 아니지만 머리통 위에 손을 얹고 가만히 가족과 이웃과 친구 들의 혈액형을 떠올려보았다. 불분명하게 흐르는 그것. 빈자리를 확인하기 위해 종종 전화번호를 눌러보는 사람들은 곧 슬픔을 이길 것이지만 손가락을 희미하게 감싸는 그것

레알? 농담처럼 짧은 질문을 던졌을 때 눈물과 웃음 사이에 잘못과 용서의 방향은 어지럽게 흩어지고
서서히 떠오르는 몸은 나의 몸인지 마음인지 알 수 없는 것
끝까지 흐르는 것

이 밤 나의 정수리로 내려와 중얼거리는 입술은 영혼 없

는 기도와 진심 어린 욕설을 번갈아 내뱉는다. 모호하게 흐르는 그것. 한없이 커진 손과 발을 잡을 수가 없어서 새벽은 삶의 시간이 아니고

　머리통 위에 손을 얹고 가만히

건전한 시민으로서 골목길에 애완견의 배설물
을 방치하지 않고 엘리베이터 문에 기대지 않으며
소방도로에 주정차하지 않고 대피로에 사유물을
적치하지 않으며 야간에 피아노를 두들기지 않고


물을 마셨다
아무리 마셔도
컵의 일부가 될 수는 없는 일
남은 물은 아무것도 아닌 일


오늘과 내일 사이 나는 여러번
같은 골목길을 걸었는데
가로등을 잠시 바라보았는데
꺼졌다 켜지는 일정한 시간에


나는 이 골목길의 주인이 아니고
배설물은 서서히 말라갔다
희한한 냄새를 피하기 위해
고개를 조금 숙이고
다시 물을 마셨다

목이 마른 사람으로서 나는
물인 것과
물 아닌 것 사이에서
잠깐 눈을 깜빡거리고
허우적거리지 않기 위해
조금씩 약간의 물만 마시기로

모서리에 부딪칠 뻔했으나
아무 일도 일어나지 않았다
하늘과 땅 사이에서
물은 계속 흘러갔고
나의 몸을 통과해갔고

불투명한 것이 되는 일
확인할 수 없는 무엇이 되는 일
더이상 흘러갈 수 없는 일

# 귀가 접힌 고양이처럼

신용카드를 잃어버렸다. 썩 괜찮은 신용이었는데 흘리고 말았다. 어느 바닥일까. 밤하늘은 뿌옇고 아무것도 보이지 않았다. 뒤져본 곳을 다시 뒤져봐도 나의 신용은 없었다. 어린 고양이가 배를 곯을 때 내던 소리. 짜증이 밀려왔다.

딸아이가 종이를 접고 자르고 그림을 그려 내밀었다. 잃어버린 카드 대신이었다. 고래가 파도 위에서 춤추고 있었다. 멀리 갈매기도 날고. 마음은 끼루룩. 귀가 접힌 고양이처럼 어쩐지 민망하고 할 말이 없었다. 푸른 카드를 지갑에 넣었다. 가난한 부자로 살기로. 부유한 가난뱅이인가. 어쨌든 카드를 잃고 신용을 잊고.

침대 밑에서 나의 낡은 신용은 발견되었다. 이상한 안도와 한숨이 새어 나왔다. 다시 신용을 지키고 그럭저럭 살아보기로? 고래는 어떡하나. 다정한 파도는. 갈매기가 두어마리 울고. 구름은 몽실몽실. 분실 카드가 고래 카드를 낳은 날. 돌아온 카드가 고양이 울음을 우는 날. 귀를 접고 돈을 벌고 쓰고 또 살아갈 궁리를 해보는 나의 방에서.

# 반바지 속에서 꿈틀거리는 용들

밤 고양이처럼 허리를 길게 늘이는 버스들 도심을 빠져나
가고
옆자리 남자의 허벅지에 용이 눈알을 희번덕거리네
바퀴는 네개이고 멈추지 않고 돌 것이다
모르겠다 너무 젊다는 것 어린 애인이 보고 싶다는 것 네
마음을 물들이고 싶다는 것

반바지 속에서 용들은 자꾸 꿈틀거렸다
이제 막 태어난 화려한 비늘이었다
이 뜨거움을 물고 있어야 하나 삼켜야 하나
아프지 않았니, 얼마나 아팠니, 아파서 어떡하니
어떤 질문이 가장 그럴듯한지 알 수 없어서 묻지 못했다

예약 없이 탔다 떠나야 했으므로 떠났다
용들은 벗어날 데가 없었다 꿈속에서 하늘에서 태생적으로
가난한 발들이 더 가난한 발을 찾아가는 길이었다
가난한 네가 가난한 나를 만나 뜨거운 용을 품을 때 불타
오를 때

창가에 매달아둘 걸 그랬지
햇빛을 좀 걸어둘 걸 그랬지
마음을 지우고 살 걸 그랬지
용들은 날개가 작아 날개로 나는 게 아니야 꿈속에서 하
늘에서 태생적으로


고속도로를 고속주행하는 고속버스 2번 자리에서
남자는 가볍게 코를 골았다 꿈도 꾸지 않는 것 같았다
허벅지에 그려진 용들만 몰래 깨어났다 불을 품었다 비늘
을 털었다


거짓말이었다 잠들지 않았다 용을 깨우고 있었다
매우 컸다 다른 것보다 더 커 보였다
크기 때문이 아니었는지도 모르겠다
아팠어 쓰라렸고 뜨거웠지


반바지 속 용들은 순해졌고 버스가 멈추었다
서둘러 내리는 사람들 속에서 차가운 용들 울고 있는 용들
내가 아는 점괘였다 꿈속에서 하늘에서 태생적으로

내가 아는 건 고속도로를 달리는 고속버스 안에서 고속
주행하는 마음의 비늘들

  버스는 야옹야옹 밤의 정류장에서 길게 울고
  배고픈 아침이 왔으면 그랬으면
  허벅지를 찢고 불쑥 고개를 드는 알 수 없는 마음들을 따
라 발걸음을 옮기고

# 물방울처럼

생전복 다섯마리가 나란히 구천구백원
싸고 영양가 높다 하니 집어 들고 집으로 온다
숟가락으로 파내어 초록 내장을 살살 달래듯이 씻는데
너 참 미끈거리는구나 전복!

영옥 언니도 아프고 수경 선생님도 아프다는데
부엌에 서서 전복이나 파내고 있다
다들 어쩌고 있는 것인가, 속이 부대끼는데
전복 껍데기는 영롱한 빛을 품고 있구나

싱크대 배수구에 의미도 없는 눈물이 한방울 툭 떨어진다
껍데기를 잃은 전복은 꿈틀거리다가 딱딱하게 굳어가는데
힘이 세고 단단하고 뽀얗다 너 전복!
전복은 왜 말 못하는 뜨거운 입 같은가
왜 거칠고 환한 말을 품고 있는 것처럼 보이나

나도 집을 잃었어, 맨몸이고 푸르고 거칠고 차갑다
초록으로 부푸는 물결은 정말 안녕하신가
돋아날 것 없는 희망에 베이는 날들

깜빡이는 가로등 찬 불빛 아래 찢긴 마음을 깁고 있다

시접을 넣는다,는 세탁소 아저씨의 말을 생각해본다
백광이나 거성, 이런 가게 이름을 중얼거려본다
크고 환한 별이 뜬다면 내 머리 위의 일은 아닐 것이지만
어떤 기다림 위에 명랑할 것, 지치지 말 것
이렇게 지키지 못할 약속을 중얼거려본다

# 슬로우 슬로우 퀵 퀵

주방 급구. 초겨울 아침 까마귀는 깍깍 울지 않습니다. 배가 고플 것이지만 끝까지 빛나고 검기로 합니다. 가든의 주방 아줌마들은 절도가 있습니다. 핫 둘 핫 둘 체조를 합니다. 까마귀들도 멀리서 따라 합니다. 종일 파를 썰고 고기를 구울 것인데 어깨를 먼저 좀 풀고 등허리를 젖히고. 영리한 까마귀들에게 주방 일을 가르친다면 깍깍 잘할 것입니다. 검은 깃털을 펄럭이며 친절하고 절도 있게. 어서 오세요. 맛있게 드세요. 국산입니다. 감사합니다. 인사를 나누며 빛나는 눈빛을 깜빡거리며 말이지요. 저녁을 추위를 꼭꼭 씹어 삼키면 우리의 겨드랑이에도 검고 부드러운 털이 돋아날까요. 그것이 가든의 즐거움일까요. 식사를 마치면 뾰족한 부리로 열심히 쪼아댈 것을 찾아서 재빠르게 흩어져야겠지요. 사방으로 피 튀기며 다정함을 복구하는 일. 그것이 바로 가든의 생태입니다.

# 전면주차

메타포나 이데아를 만난다 해도 바닥을 뜯어내거나 눈을 비비지는 않을 거야. 벽면 모서리에 너덜거리는 흰 줄은 거미를 잃었다. 먹이를 매달아두고 어디로 갔나, 왜 갔나. 제 입보다 더 커다란 구멍을 삼키면 팔다리가 사라지고 몸통이 스르르 녹는다지. 거미야, 친구 하자. 전면적으로 다시 살아보자. 정차 중인 자동차의 배기구멍을 쳐다보았다. 할 말이 많은 듯했다. 나는 귀가 뜨거워지는데 차 안의 사람들은 시원한 것 같다. 서로 팔다리를 감고 길어지는 것 같다. 긴 다리 거미야, 어디 갔니. 날 좀 안아줄래. 나는 구멍 속으로 사라질 것 같은데 곧 녹아버릴 것 같은데. 저들의 체조는 명랑하고 확실하고 일상적이다. 공용주차장의 나는 뚫린 구멍을 조이고 서 있다. 내게는 구멍이 좀 많아. 거미야, 네가 들어올래. 발이 두개 손가락이 열개 귀가 동그랗고 코가 작다. 메타포나 이데아를 만난다 해도 두개의 달을 의심하거나 창문을 깨끗하게 박살 내지는 않을 거야. 담벼락과 깊은 사랑에 빠지고 싶어. 골목길의 나와 사라진 거미에게 기회는 있다. 공용주차장의 저 수많은 엉덩이 밑에 깔린 가능성에 대해. 새로 태어날 무수한 구멍에 대해.

# 빈 화분에 물 주기

어디에서 날아온 씨앗일까

누가 파 온 흙일까

마시던 물을 일없이 빈 화분에 쏟아부었더니

며칠 지나 잎이 나왔다

욕 같다

너 내게 물 먹였지

그러는 것 같다

미안하다 잘못했다

그러면 속이 시원해야 하는데

그러지 못하고 볕이 잘 드는 곳으로 옮겨주었다

몰라봐서 미안하다

그런데 끝까지 모르겠다

너 누구니, 아니 댁은 누구십니까

잎이 넓적하고 푸르다

꽃 같은 것도 피울 거니

그럼 정말 내게 욕을 하는 거야

안녕하십니까, 묻지 마 내게

당황스럽잖아 나더러 어쩌라고

계속 물을 주어야 한다

불안하면 지는 거다
그런데 더 주어야 하나 덜 주어야 하나
그늘을 좋아하는 것은 아닌가
의심하는 거다
너는 어디서 왔니
족보를 따지는 거다
상상하는 거다
너 아무것도 아니지
나의 몽상이구나
나란 망상이구나
죽고 없는 거구나
잘 살기란 온전하기란
불가능한 거구나
빈 화분에 물을 주며
나는 하루하루 시들어간다
최선을 다해 말라간다

# 바나나

미끄러운 바닥에 넘어졌으나
그것이 나의 운명이라고 생각하지 않는다
오늘 아침은 조금 무겁지만
슬프지 않다
슬프지 않기로
바나나 껍질을 벗기기로

바깥에서 나를 보면 무척 아름다워 보인다
거울은 흐리고 강물은 흐르지만
너는 금 가지 않는다
영원 속에 너는 없다
바나나는 웃는 입술처럼 휘었는데

이미 죽은 새다
다친 고양이다
길을 따라 납작하게 펼쳐진다
어떤 길은 매우 미끄럽고 깊고 어둡고
결코 통과해낼 수 없어서

하루 종일 바쁘게 걸어다녔다
입속에서 입술이 빠져나왔는데
바나나는 지나치게 조용하고
영원히 완성되지 않는 형식으로 뭉개지고

# 1918년[*]

어느 날은 그렇겠지요. 집에 가는 길이 생각나지 않아 골목길에 주저앉았을 때 뒤꿈치에 스프링이라도 달아야 되지 않겠습니까. 여기저기 튀어 오르다 넘어질까요. 젊은이의 뼈는 훌륭해서 척척 붙습니다만. 아침엔 뭘 먹었는데 그게 뭘까요. 백년을 뛰어넘은 밥상입니다. 점심에는 이웃을 만났는데 그게 누굴까요. 잘 지워지지 않는 것은 고향의 언덕 바람의 냄새 엄마의 손가락. 빙판의 난반사가 시야를 가렸을 뿐인데 팔다리가 즐거워졌습니다. 대자로 뻗었습니다그려. 마음은 벌떡 일어났는데 그게 바로 1918년이었어요. 누가 알았겠어요. 일년 뒤에는 난리가 나고 피칠갑을 하고 목청이 터질 줄이야. 지푸라기에 비린내 풍기는 생선을 싸매고 먼먼 길을 달려왔는데 꿀단지는 깨지고 무르팍도 지워지고. 엄마의 손바닥 그건 여기가 백년 전이라는 소리입니다. 1918년의 하루가 붉습니다. 일년 뒤에는 더욱더. 딸아이의 목소리가 들렸는데 그게 어제인지 오늘인지. 내일은 더 반갑겠지만 고년이 어디로 나가서 지 맘대로 날뛸지. 걱정 반 재미 반입니다. 생마늘 같은 발가락을 다섯개 열개나 달고 달려나가 목청껏 부르짖을 때 마음껏 봄이 옵니다. 내 인생은 백년 전의 것이어서 훌륭합니다.

* "환자분, 올해가 몇년이지요?" 의사가 물었을 때 엄마가 망설이
며 대답했는데 내가 그만 웃어버렸다.

# 춤추는 눈사람

나는 여자를 사랑할 수 있게 되었다
나는 남자다, 아니 조금 여자다
고깔모자를 썼다
모자는 대책 없이 뒤통수 쪽으로 자꾸 흘러내린다
눈사람에게 코를 만들어주는 사람
팔을 꽂아주는 사람
성기를 만들어주는 사람
단추를 끼우는 사람
나는 역시 여자다, 아니 가까스로 남자다
눈사람은 보호가 필요 없다
바이러스에 걸리지 않는다
기침과 고열과 콧물이 없고
연대와 고통과 피가 없고
구름과 오래 눈을 맞춘다
사랑일까 아니 회색이다
눈사람은 눈사람을 낳지 않는다
친구가 없고 이웃이 없고
발밑만 있다 스르르 사라지며
축축한 입술만 남긴다

나는 남자를 사랑할 수 있게 되었다
나는 여자다, 아니 비로소 남자다
눈사람에게는 배움이 없다
깨달음과 명상이 없고
눈동자가 비었고
허공과 침묵으로 배가 부르다
눈사람의 배 속으로 들어가 웅크리고 잠들면
나는 여자도 남자도 될 수 있고
즐겁게 녹아내릴 수 있다
밤사이 눈사람이 한걸음 걸었다

# 양말이 꽃처럼

사물을 더듬거리는 새벽, 의자 위에서 잠든 엄마는 꿈의 얇은 커튼 뒤에 숨어 숨바꼭질이라도 하는 듯이 두근거린다. 작은 몸을 여기 두고 너무 멀리 가지 않으려는 듯이 팔걸이를 꼭 잡고서

어디로든 숨고 싶겠지만 사바나의 얼룩말은 너무 선명한 것 아니겠어. 풀과 나무가 길게 자라고 멀리 사자가 숨죽여 건너올 때 뛰어갈 타이밍을 찾느라 눈과 귀는 점점 옆으로 돌아가겠지. 체온을 날리느라 얼룩은 더욱 가지런해지고

의자는 천개의 손길로 엄마를 감싼다. 저 거칠고 주름진 손에 빚진 자로서 나는 조심조심 화장실을 가느라 뒤꿈치를 든다. 이내 새벽은 갈라지고 바로 그때 사자는 자세를 낮추고 한마리 얼룩말을 기습했는지도. 엄마는 천개의 손을 뿌리치고 일어나 희미한 눈으로 쌀을 박박 문질러 씻고

기도하는 소리처럼 찰찰거리는 물소리. 내려갈수록 작고 둥근 돌의 세계에서 물의 민낯을 만날 때 아무것도 아닌 꿈이 환하게 입술을 열 때 아무렇게나 벗어놓은 양말은 새벽

의 어둠 속에서 꽃처럼 피어 있고

　서둘러 걷는 일은 버튼을 누르는 것과 같아서 온통 다 켜
진 한낮에 우리는 잠시 평평해진 얼굴로 암술과 수술의 세
계를 밟다가 피로해진 발로 돌아오겠지. 한번 피어난 것은
서서히 져가고 사소한 근심은 똑똑 물방울처럼

　얼룩말의 다리는 가늘고 쉽게 꺾인다
　배고픈 사자가 강물처럼 결정적으로 흐르고

# 가능한 모든 사람들

하룻밤에 한명씩 가능한 모든 사람들을
차례차례 불렀습니다
애인이 가느다란 손가락을 들고 왔습니다
나의 어리석음을 용서해주었습니다
화살표처럼 한 방향으로 나아갔어요
뒷모습이 근사했습니다

친구가 천장에 닿도록 길어졌어요
차도 못 타고 휘청휘청 걸어갔습니다
몹시 배고프다고 했는데요
나보다 한참 어려져서 결국 아이가 되어
통통한 목으로 힘차게 울었습니다
노란 오줌을 쌌어요

둘러봐도 엄마 아빠는 보이지 않았습니다
나는 고아인가, 위인인가, 죽었는가
구름은 노랗고 길은 물렁거렸지요
가능한 모든 사람들이 차례차례 한명씩 내게 건너와서
이 세상에 없는 형식으로 나를 야단쳤습니다

침대 속에서 고독하게 늙어가는 아기들을 보았어요
용서도 위로도 필요 없는
기쁨도 슬픔도 쓸모없는
텅 빈 몸으로
고요하게 녹아내리는 이불을 꼭 붙잡고 있었어요

기도하는 자세는 구걸하는 자세와 같고
꿈꾸는 자세는 죽어가는 자세와 같아서
팔다리를 사람들에게 나눠주고
애벌레의 형식으로 웅크렸지만
가능한 모든 사람들이 그걸 다 알고서
돌아서서 침을 뱉었어요 따뜻했습니다

# 약속

약속 장소로 나갔습니다. 오분 전에 도착했어요. 기다려도 오지 않았습니다. 오지 않는 사람아 사람이여…

계단은 사람들을 삼키고 내뱉기를 부지런히 반복했습니다. 아이스크림은 녹고 손등은 눅눅해졌어요. 기다렸습니다. 꼿꼿하게 서서 전단지를 훑어봤어요.

여기에 내 삶이, 내 사람이. 종이는 미끈거리고 빛났습니다. 자꾸 내가 태어나 구두 밑으로 바지 속으로 들어갔습니다. 이곳은 어디인가, 나는 누구인가, 지금은 언제인가를 되물었어요.

나는 명명백백하게 큰 목소리로 대답할 수 있었는데…

사람들은 내가 틀렸다고 꺼지라고 했습니다. 슬그머니 나무 밑으로 갔어요. 수렁 같은 밤이었으나 내 마음은 아직 환했어요. 오지 않는 사람아 사람이여…

오줌이 마려웠어요. 끝까지 참았습니다. 미지근한 내가

흘러내렸지요. 약속 장소에 약속 시간의 나는 온도를 갖고 점점 희망에 차서 발이 생기고 손톱이 자라고 무엇보다 기뻤습니다만.

　내가 틀렸다고 그만 돌아가라는 눈빛이 하늘 가득 번졌어요. 괜찮다고 말해줄 사람아 사람이여…

# 소파 아래 귤 하나

귤 하나 먹을래
삼사일이 되었을까, 일주일 전이었을까
소파 아래 굴러간 귤은 저 혼자 미지근해졌을 것이다
아무도 모르는 사이 귤은 숨었다 얼굴을 지웠다
그리고 저 혼자 웃었을 것이다
웃음 뒤에 따라오는 낯선 얼굴을 맞으며 고요해졌겠지
물컹해서 집지도 못하고
터질 것 같아 쏠어내지도 못하고
흰 그물을 아름답다 할까
검은 꽃도 꽃이라 할까
그 눈물을 누가 받아낼 거니
저걸 어쩌나, 누가 그랬니, 가려내서 뭐 하나
그 속에 뭐가 보이니
흐린 눈과 거짓 입술로 나는 아무것도 보지 못했다
말하지 못했다
시금털털 맹맹한 귤 하나 나누어 먹으며
소파 위에 엉키는 것이 가족일까
썩어서 진물이 나도록 사랑을 할까
소파는 푹신하고 군데군데 터지고 해져서

함께 늙어가니 네가 진정한 식구다
자 입을 벌려 상한 귤을 뱉어라
네가 하고 싶은 말을 해도 된다
보고 싶은 것을 보아도 된다
창가에 노랗게 무너진 햇살이 나 몰라라 하는 동안
귤은 소파 아래 고요히 잠들어
누구도 꾸지 않는 미지근한 꿈을 잇고 있었다

# 당신은 어디에 있는가

*그분은 저 높은 곳에 있다*,는 첨탑의 명명백백한 가르침.
나는 문상을 마치고 중앙로를 총알택시로 달리고 있었다.
다정한 후배의 침울한 주근깨 위로 희미하게 흐르는 것들.

내가 그 위대한 가르침의 말씀을 *그놈은 곧 저 높이*로 잘
못 읽은 것은 택시가 너무 빨리 달렸기 때문이고 먼지가 뿌
옇게 흐려서였다. 슬픔의 언저리에서 두 손을 모았기 때문
이었다.

향은 서서히 타올랐고 방상형의 꽃대가 거짓말처럼 싱싱
했다. 나는 누군가를 그리워하고 있었다. 죽지도 못하고 점
점 더 시시해져갔다. 물컹한 떡을 입에 물었으나 넘기기 어
려웠다. 저 높은 곳에 그분은 바쁠 것이어서

교도소와 장례식장과 초등학교가 사이좋게 담장을 나누
고 있었다. 그 사이를 오가며 죽어도 버리지 못할 습관 같은
것을 미워하며 늙어갈 것이지만 도시 외곽을 둘러싼 저 겨
울 산 속에 누군가 말없이 있다, 있다, 있다.

택시는 매끄럽게 유턴을 하고 역 앞에 나를 토해냈다. 대합실에 앉아 어묵이나 빨고 있는 나는 이 쫄깃하고 뜨거운 삶에 대해 아무것도 생각하지 않는 중이다.

철로는 뜨거워졌다가 곧 차갑게 식어갈 것이어서 우리는 어디로든 갈 수가 있다, 있다, 있다. 보이지 않는 것들이 더 분명해지는 날들 위에 내가 나를 심문하는 동안 당신은 정말 어디에 있는가.

# 귀신들은 즐겁다

보이지가 않아서
밥을 먹지 않아서
슬픔과 분노를 풍선처럼 터뜨려서
인간의 공포를 비웃어서
가볍고 고요해서
신발을 신지 않아서
덥거나 춥지 않아서
파편으로
절단되어
움직이므로 이동하기 때문에
먼지와 함께 떠오르고
돌과 함께 가라앉아
여러 나라 말을 동시에 한다
미지의 언어로 울 수가 있다
장롱 속에 우물 속에 골목길에 벽 뒤에
매일 녹는 기분으로
자극적이고 촉촉하므로 격렬하므로
돌연 굳어져서
무엇이나 알 수 있고

아무것도 몰라도 된다
창백하다
사랑하지 않으므로 열렬하므로
아침 점심 저녁이 없고
순간과 연속이 하나이므로
귀신들은 즐겁다

# 세개의 돌

구르는 돌
날아가는 돌
경계의 돌

사라지는 발밑에
나는 누구인가
나는 어디 숨었나

웃는 돌
아픈 돌
고통받는 돌

입술이 딱딱하게 굳어간다
당신은 생생한 목소리로 말을 했는데

뜨거운 돌
미워하는 돌
화난 돌

지팡이에 싹이 나고 잎이 번성하고
내일과 모레…

두려운 돌
무서운 돌
죽지 않는 돌

어둠에 발이 걸리고
누구나 꿈을 꾸기 시작한다

얼어붙은 돌
노래하는 돌
돌멩이의 차가운 목소리

# 노력하는 삶

탁탁탁 지팡이 소리와 망설임 없는 걸음걸이. 눈먼 아저씨와 나는 동네에서 자주 마주친다. 내가 졸졸 따라다닌다. 팔짱을 끼고 함께 가고 싶지만 어쩐지 부끄럽다. 졸졸 뒤따라가는 수밖에. 나도 눈을 감고 걸어본다. 오초도 못 버티고 눈을 뜬다. 모퉁이가 달려오고 발밑이 꺼진다. 그랬지. 아닌 척 많이 따라다녔다. 교회 오빠들. 하나님과 오빠들을 위해 부지런히 기도했다. 노력하는 입술이었다고 말하고 싶다. 보름달과 나뭇잎도 다 아는 식상한 이야기. 이제 와서 깡마른 눈먼 남자를 못 잊어 매번 이렇게 따라다닐 줄이야. 잘 보이는 피로와 안 보이는 고통 사이에서 춤을 출 줄이야. 빗물은 지팡이에 걸리지 않아서 젖은 발로 걸어가는 멋진 남자. 깡마른 등허리에 팔을 둘둘 감아주고 싶은데. 아뿔싸 나는 팔이 짧고 이해심도 없고 이해력도 떨어지는구나. 세상은 어려운 참고서 같고. 다 보지도 못했는데 시간은 빨리도 지나간다. 계단을 쓸고 내려가는 소녀들. 목소리가 씩씩하고 팔다리가 길어서 간지러운 세상을 마구 휘저을 수 있을 것 같다. 휘저어도 좋아라. 아무것도 느끼지 않는 발걸음. 골탕 먹은 것 같은 기분으로 잠시 눈을 감고서.

# 뜨거운 팥죽을 먹으며

말 위의 사람도 떨어뜨린다는 팥죽 한사발을 앞에 두고
숟가락이 무겁다 입술이 점점 붉어지고
한숟갈 한숟갈 당신에게
한걸음 한걸음 가까워지는 죽음

팥죽 한그릇을 해치우는 데 철학이 필요한 것은 아니지
지나가는 길이었고
모르는 사람이었고
낡은 식당이었는데

반쯤 떠 있는 새알심을 건져 올릴 때
죽은 사람이 죽은 냄새가 죽은 목소리가 떠올랐는데
그것은 왜 붉고 뜨거운가
낡은 의자가 툭 꺼지는 소리가 났다

누군가 내 뒤통수를 노려보고 있는 것일까
뻘건 죽 한그릇에 돌아가지 못하고
기어이 땅에 떨어지고 만 사람들
귀신 같은 얼굴로 뜨거운 팥죽을 먹었을 것이다

# 보도블록 위에 떨어진 크래커 두조각

비둘기의 청회색은 부드럽다. 더러워지기 쉽다. 날아오르
다 멈추고 다시 날아오르기를 반복하며 크래커를 쪼아댄다.
누가 버린 것인지 알 수 없다는 듯이 고개를 까딱거린다. 크
래커는 튀어 올랐는데 부서질 듯도 한데 무용하고 의미 없
고 절실해서 부서지지 않는 그것,

비둘기도 나도 제자리다. 곧 비가 내리고 더러움이 엉길
것이다. 크래커는 부풀고 눅눅하게 가라앉을 것이지만 서성
이는 발걸음은 어떻게 하나. 제멋대로 튀는 빗방울은 잔인
한 혀처럼 비둘기를 삼키고 마지막 크래커를 향할 것이다.
내가 먼저 젖었다.

비둘기의 청회색은 분명해서 누군가의 뒤통수는 예고 없
이 깨지는 것인가. 담벼락에 기대어 헛것과 망상과 우울의
편에 서서 빗줄기를 편집한다. 보도블록 위에 떨어진 크래
커 두조각 영원히 배고픈 자유를 증명하듯이 새하얗게 흘러
가고

# 우리는 왜 썰매를 끄는가

눈이 다 녹으려고 해요
그전에 썰매를 타야 하는데
빈 밭이나 공터를 찾아서
운동장을 찾아서

　　　　주인은 없거나 선하거나

그런 게 있을 리가
가난한 우리는 달려야 하는데
썰매에는 긴 줄이 늘어져 있고
배처럼 앞으로 나아가려 합니다

　　　　전진 전진

눈길은 미끄럽고요
욕설이 터져 나오려고 하네요
소박함과 생기 때문이었어요

　　　　춥지는 않아요

거친 밧줄을 끌어야 했어요
겨울이 다 가기 전에
고드름이 제 몸을 떨어뜨리기 전에


잿빛 기다림


죽어도 죽지 못해
발은 푹푹 빠지고요
사실이 아니야, 숨을 헉헉거리는데


부족한 건 나의 발


이렇게 재미진 걸
화가 나는 걸
다 녹아내려서
집이 사라졌어요


그것이 바로 우리가 썰매를 끄는 이유

거북이는 엉덩이로도 숨을 쉰다는데
눈밭과 엉덩이 사이
썰매가 있고요

        끌고 다니며 탕진하는 빛나는 시간

발이 젖고요
손이 젖고요
가슴이 눅눅해져서

        이런 건 곤란합니다

매운 계절에 아웃포커스
살얼음판 위에 찍힌 개의 발자국
천사처럼 사라졌어요

        긴 웃음을 남기고

# 나가는 날

오늘은 나가는 날이에요
얼굴은 두고 가지요
빨간 입술을 어깨에 메고

오늘은 나가는 날이에요
목은 두고 가지요
목소리를 소금처럼 가슴에 뿌리고

커다란 솔방울을 매달고 흔들어요
빗방울처럼 내가 쏟아집니다
바늘처럼 내가 꽂힙니다

나가는 날은 환한 날
그러다 흐려지는 날
무지개가 뜨는 날

부지깽이
가위
솜뭉치

우산

죽음처럼 흔들리는 날
죽지는 못하는 날
슬픈 당신
당신의 깊은 숨

안에는 내가 없지요
바깥으로 나가는 문도 없지요

영원 같은 나뭇가지를 따라
강물 같은 손길을 따라

내가 나가는 날이에요

# 약속

제사상 주변을 어지럽게 뛰노는 아이들을 말리지만
어른들도 귀신들도 기분이 나쁘지 않다
제사 음식들은 가지런하고 방향을 갖추었다
떡과 산적을 들고 설치는 아이들의 발은 제각각 자라겠지

축문을 읽고 절을 두번씩 올리는 사이
죽은 자와 산 자는 아무 말 없이 만나는가
대추 밤 배 사과 감이 구르지 않도록 잘도 쌓았다
삶과 죽음 사이 구른다면 누구의 발밑에 이를 것인가

제주가 조금 넘쳐흘렀지만 무슨 상관이랴
메와 탕은 귀신의 것 들쥐와 길고양이 들의 것
골목의 어둠을 갉아대느라 바쁠 것이다
광장의 불빛이 환한데 등 돌린 당신은 외로운가
머릿속은 엉켜 살아 있지도 죽어 있지도 않겠지만

생선 살을 찢어 아이들의 입속에 가만히 넣어준다
접시 위에 생선 대가리들 한번도 보지 못한 가시 앞에 눈
이 멀었다

두려움이란 제 몸을 떠난 입과 같아서
헐벗은 채 떠도는 말들이 어지러운 것이겠지

가지런히 모은 두 손에 슬픔과 분노가 부풀어오른다
풍선처럼 분명하고 환하게 터져버린다면
밥상이 엎어져도 다 같이 배가 부를 것이어서
살아서 절망하는 사람들이 죽어도 즐겁다는 듯이 모였다

# 새벽까지 희미하게[*]

　우리의 두 손에 총 대신 당근이 들려 있는 이유에 대해서
생각해봅니다
　세상에는 생각 없는 엄마와 무능한 아빠와 아픈 동생들이
있지요
　송이야, 이 세상에서 조심해야 할 것은 가족밖에 없어요
　귓바퀴를 돌아 튕겨져 나온 말들이 보도블록으로 똑똑 떨
어집니다
　밟고 걷습니다, 붉은 발자국들이 길게 이어져서
　나무둥치를 끌어안고 새벽까지 희미하게 송이야 명희야
세희야
　보고 싶습니다, 생일날 명동에서 만나요
　지갑 세개 네개 훔쳐줄게요
　최악의 팀으로서 고난과 곤경과 곤혹을 창조해내고
　우리의 우리의 우리의 과장님
　개똥밭에 굴러도 굴러서 선생님
　걸레질을 합니다 지우고 밀어내고 나도 새싹같이 또 자라
는 것들
　수염 난 거대한 새끼들 우르르 귀엽습니다
　새벽까지 희미하게 빛나는 것들 점점 무거워지는 것들

90

전봇대 담벼락의 흐릿한 자국들은 다 주인이 있어요
옛날 대문의 푸른빛들을 끌어당기지요
결코 사라지지 않아요
절대 울지 않습니다

* 정미경 소설 제목.

# 개꿈

개를 타고 달렸다
(달리지 못했다 꾸역꾸역 올랐다)
언덕이었다
말을 타고 달리는 사람들 근사했다
(저 유연한 허리 좀 봐)
개가 아니라 나였다
(지나치게 부드럽고 유연한 것이 함정)
말들이 모이고
사람들이 따로 모이고
누군가는 죽었는데
(왜 모두들 울고 있니)
슬프지 않고 화가 난다면
개 때문인가 아니면 돼지 소 말 때문인가
(한숨 속에는 비탄과 안도와 망설임)
개를 타고 달렸다
물컹하고 부드럽기 때문인가
(말처럼 딱딱한 나는)
흑백으로 빛나는 것은 새까만 나의 두 발
아니, 거의 네 발

(똥을 피해 걷는 길)
피할 수 있는 것은 아무것도 없어서
밥을 조금 먹고
술을 조금 마시고
오랜만에 잠을 조금 자고
오래 건포도를 씹으며
개에 가깝도록
다시 개에 가깝도록

# 오두막에서


그곳에서 우리는 사랑을 나누었네
팔과 다리가 없는 사랑
끝없이 일어서는 사랑
오두막이었네
그곳에서 우리는 버려진 것들을 주웠네
잘 자라는 풀처럼
얼굴이 없었네
입술이 없었네
그래서 가능한 한 오래 사랑을 나누었네
오두막은 밤과 낮이 없고
창문과 어둠이 없고
사랑만 뿌리처럼 굳건했네
있을 수 없는 일
내 것이 아닌 몸
그런 순간에 사랑은 점점 더 커지고
온도가 없는 사랑
불평이 없는 사랑
없는 손을 모으고
없는 입술로 중얼거리는

사랑을 더 깊이 더 오래 흉내 냈네
마음속에 우글거리는 사랑이
나를 잡아먹고
나를 낳았네 끝없는 사랑을 나누었네
우리가 오두막에서

# 망치론

운동장에 서서 국민체조를 하다 쓰러진 적이 있지. 하늘은 샛노랗게 기울고. 허리가 펴지지 않을 때까지 고구마를 캐본 적이 있지. 장례식 직후였다. 그때 물은 다 어디 있었을까. 너의 눈물을 핥을 수 없었네. 슬픔으로 바닥을 기어본 적이 있지. 나는 내가 아니라는 너의 빛나는 발견. 내게는 빛이 없다. 내게는 소득과 생산이 없다. 햇볕도 공평하지 않고, 손가락은 빛을 모른다. 무거운 땡볕 아래 누가 나를 사랑해줄까.

떡집에는 동그랗고 반질한 떡들이 좌판 가득 펼쳐져 있다. 말랑한 떡들이 입속 가득 뭉개지는데 친구야 네 군은 얼굴은 떡을 모르는구나. 네 검은 입술은 말을 잊었구나 친구야. 못 먹을 떡을 함께 바라본 적 있었지. 목이 막힌 적 있었지. 힘차게 걸어왔는데 이제 떡은 주먹과 같아서 사방에서 달려든다. 아무 데나 쓰러져 울던 친구야. 더이상 일어날 무릎이 없는 친구야.

아 오뎅이여. 사람들의 나란한 등. 사이사이 희미한 김이 피어오르고. 그것은 무엇일까. 저 등과 등 사이, 그것은 오뎅도 옛날도 아니고. 로댕도 생각도 아니고. 8시에 11시에

16시에 꼬박꼬박 떠나는 기차. 14시의 나는 대합실에 앉아 오뎅하고 나하고, 그리고 있다. 알지 못하는 사람의 등에 기대고 싶다. 배가 고파서가 아니지. 추위 때문도 아니지. 저 동그랗게 말린 등에 눈물 콧물을 바를까. 무엇도 누구도 찔러본 적 없는 사람들을 누가 기억할까.

# 나는 약해

고작 숲이야
고래야
발이 젖었어

나는 버스야
굴러가는 바퀴야
알록달록해

나는 언제나
나는 그러나

쓰러지고 말 거야
기어가고 말 거야

집이 잠긴다
창문이 녹는다

골목길이 터진다
나의 실핏줄이

파도야
흘러가는 봄이야

멈추지 않는 손이야
감기지 않는 눈이야

# 척추압박골절

모잠비크 베냉 부룬디는 어디 있나
허리에 긴 칼을 차고 춤을 추는 사람들과 함께 밤을 지새
울까
바닥을 기어가는 어머니 어딜 가시려나
과거의 불 속으로 뛰어드는 불가능한 몸짓들
허리는 왜 부러지셨나 중얼거리는 기도는
부끄러움으로 길게 이어지고
지느러미가 없어서 호흡이 불안정해진다
물속의 어머니는 나와 닮았나
3번과 4번 사이, 팔다리가 헤매고 다니는 사이
방바닥을 긁다가 뜨겁게 흐르는 이것은 무엇인가
칼날처럼 튕겨져 나가는 이것은 무엇인가
쌀밥을 눌러 억지로 태운 누룽지처럼
타다 말고 불어터진 그것처럼 희미하게
내 어머니가 허연 비듬을 떨어뜨린다
곧 인어공주처럼 알록달록한 옷을 입고 환하게 웃을 것이
지만
물속은 차고 어둡고 빽빽하다
눈물이 세계인 그곳에서 부지런히 헤엄을 쳐봐도

슬픔은 늘어난 개미처럼 잡기가 어렵고

물속에 빠져도 죽지 않는다

상투메프린시페 부르키나파소는 어디 있나 기니는 에리

트레아는

어둠 속에서 우는 물고기들은 피를 흘리나 달을 잡아먹나

갈 수 없는 나라에서 돌을 굴리나

# 물고기의 귀

물고기는 바닥에 가로누웠다. 개처럼 짖지 않고 물 밖으로 나가려 한다. 곧 새로운 발이 태어날 것 같다. 눈빛은 뾰족하고 주둥이는 차갑다. 나 말인가.

송곳을 하나 사서 바라본다. 가죽을 뚫으려고 했는데 바라만 본다. 뚫을 수 있는 것과 뚫을 수 없는 것 사이 천천히 무너지는 날들. 꿈속에서도 화가 난 나의 신발은 찢어졌다, 헐렁해졌다. 발이 앞으로 미끄러졌지만 계속 제자리였다.

끝까지 뒤로 걷는다면 구멍은 더 잘 보이겠지. 발이 빠진 물고기로서 나는 숨을 쉴 수가 없다. 귀가 솟은 물고기로서 나는 어항 속에 머리를 들이밀고. 의사는 얼굴에 비닐봉지를 쓰라고 했다.

깊고 길다는 것은 무엇인가. 비닐봉지는 바스락거리며 부풀었다 가라앉고. 물속에서 누가 내 이름을 계속 부른다. 마른하늘에 무지개를 띄우는 사람들의 목소리.

사탕 꾸러미가 쏟아지고 두 손이 바빴지만 주머니 속은

불룩하니 아무것도 없었다. 물속에는 새해 인사가 가닿지
않았다.

# 낮잠 방해하기

눈을 감으면 양파도 사과가 되고
나는 낮잠 속에서 붉어진다는 것
발이 빠진 채 사라지지 않고 되돌아온다는 것

단추처럼 줄줄이 무너져서 헐벗은 나는
낮잠과 막춤과 입맞춤 속에서 나는
어긋난 발목처럼
이제 막 내가 아니고

낙석 주의 맹견 주의 폭발 주의 실족 주의보다는
고드름 주의가 가장 무서웠는데
고드름이 나를 내게 되돌려주기를 기다렸는데
점점 더 뾰족해졌는데

끝없이 자라는 손톱처럼 고집이 센 처마들
굴러가며 나는 공처럼 분명해진다
눈덩이처럼 시선 없이 녹아내린다

꿈속에 두고 온 것이 있지만 찾으러 가지 않을 거야

이곳의 한줌 어둠 속에서 나는 기쁘네
눈빛만 남아서 날아다녔다

눈을 감으면 양파도 사과가 되고
무엇이든 할 수 있다는 것
나는 기쁘다는 것
끝없이 자라서
물러진다는 것 썩는다는 것 무너진다는 것

# 눈을 감으면
### 작은 목소리의 도서관에서

김영희

## 도서관을 짓는 마음

이근화의 다섯번째 시집 『뜨거운 입김으로 구성된 미래』에는 '작은 목소리'의 도서관이 있다. 세상의 거창한 이야기에는 담기지 않는 사소한 이야기, 큰 목소리 사이에서는 들을 수 없는 작은 인간들의 목소리, 관습화된 사고방식으로는 상상할 수 없는 대안적 사유, 상투적인 감각으로는 감지할 수 없는 이상한 느낌 같은 것이 그곳에 숨 쉬고 있다. 이름 없는 작가의, 출판되지 못한 책들이 나란히 꽂혀 있는 곳이기도 하다. 리처드 브라우티건의 소설 속 도서관이 그러하듯이, "출판사들이 원하지 않는 서정적이고, 신들린 것 같은"[1] 저술들을 모으는 그곳에서는 누구든 자신의 책을 도서관에 보관할 수 있고, 저자 목록에 이름을 올릴 수 있다. 작은 목소리의 도서관에서는 읽고 쓰는 것이 '실천'이다. 그것은 자기심문의 거울 앞에서 역설적으로 새로운 '나'를 발견하고 자기해방의 서사를 써내려간다는 점에서 정치적이며, 시인의 몸을 잠식해오는 폐허와 허무주의의 감각 속에서 다른 미래와 타인과 함께-있음을 곰곰이 궁리한다는 점에서 윤리적이다.

도서관을 세웠습니다
사람들이 원하지 않는 책을 날마다 주워 와서
번호를 매기고
뜯긴 책장을 붙였습니다
나란히 꽂았습니다

(…)

우리는 우리는 우리는
세상의 중심에 서서
구멍 난 내일을
헌신짝 같은 어제를
조용히 끌어안았습니다

1) 리처드 브라우티건 『임신중절: 어떤 역사 로맨스』, 김성곤 옮김, 비채 2016, 99면.

도서관이었기 때문입니다

그것이 우리였기 때문입니다

—「세상의 중심에 서서」 부분

도서관은 책이라는 생명이 태어나는 곳이다. 자궁에서 태아의 수정과 발달이 이루어지듯이 도서관에서 책은 숨을 쉬고, 입술이 생기고, 팔다리가 돋는다. 이 과정에서 독서는 사랑을 나누는 행위와 유사하다. "책을 더듬고, 만지고, 펼치고, 덮는 행위로서 독서는 사랑을 나누는"[2) 몸의 시간과 닮아 있다. 생명을 지닌 존재로서 책의 탄생과 사랑이 보여주듯이, 책은 우리가 이전과는 다른 생의 감각을 지닌 주체로 태어나는 계기가 되고, 사랑을 계속할 힘을 부여해주는 한편 사랑의 대상이 되기도 한다.

그러므로 시인은 "세상의 중심에 서서" 도서관을 세우는 것이다. 잿빛의 세계, 폐허와 같은 현실에서 다른 미래를 상상하는 힘이 도서관에 깃들어 있다. 도서관은 읽고 쓰는 공간이자 사랑의 공간이며, 생명이 탄생하는 시간과 미래를 구성하는 시간을 예비하고 있다. 시집 곳곳에 내재한 허무주의와 견딤, 슬픔론과 명랑이라는 아이러니에서 견딤과 명랑의 모멘트가 되는 것이 바로 읽고 쓰는 생의 도서관인지도 모른다. "사람들이 원하지 않는 책"을 주워 와서 뜯어진

---

2) 이근화『아주 작은 인간들이 말할 때』, 마음산책 2020, 224~25면.

책장을 붙이는 것, 출판되지 못한(할) 책들을 읽고 쓰는 것, 그렇게 모든 이들이 작가가 되고, 마음의 도서관을 짓는 일은 궁극적으로 자기해방과 타자와 함께-있음의 감각과 연결된다.


## '나'의 리듬을 찾아서

「오두막에서」에서 '오두막'은 서정적이고 환상적이며 대안적인 사랑의 장소, "밤과 낮이 없고/창문과 어둠이 없고/사랑만 뿌리처럼 굳건"한 곳으로 그려진다. '워터멜론 슈가 마을'(리처드 브라우티건 『워터멜론 슈가에서』)의 오두막 같기도 하다. 하지만 시인이 "마음속에 우글거리는 사랑이/나를 잡아먹고/나를 낳았네"라고 노래할 때, "팔과 다리가 없는 사랑"의 서정과 환상은 필연적으로 주체의 부재와 결핍, 그로테스크한 슬픔과 맞물려 있음을 알게 된다.

창조하는 눈이기도 하고 파괴하는 눈이기도 하겠으나, 자신을 바라보고 심문하는 시선은 도서관에 거주하는 자의 숙명 같은 것이다. 고요한 눈빛으로 무대 위에서 연극을 하는 자신을 바라보는 시선. 그런데 그렇게 바라본 '나'와 생은 어쩐지 '나'(의 것) 같지가 않다. 확고부동한 '나'를 바라는 것은 아닐 것이다. 단일한 '나' 자체가 환상이라는 것도 안다. 그렇다 해도 '나'라는 존재가 결핍으로 미만하여 자꾸

'나'를 잃어버린 것 같은 기분이 들면 어찌하나. 시집 속에서 우리는 자주 '나'의 상실과 지도 찾기 현장에 다다른다.

    나의 거울들
    오늘은 괴물이 웃는다
    몸이 검고 매끄럽고 슬프다
    하염없이 노래를 부른다

    시끄럽게 빠져나가는 것들

    박힌 못을 빼내는 대신에
    걸어둘 것을 서둘러 찾는다
    열걸음 스무걸음
    나머지 한발짝을 남겨둔다

    누덕누덕 기운 자루를 끌고 간다
                              ―「악수」부분

'나'의 부재는 '나'를 응시하는 사람에게만 보인다는 것, 「악수」에는 화자가 거울 앞에서 자신의 부재를 확인하게 되는 아이러니가 담겨 있다. 거울을 보니 "괴물이 웃는다". '검고 매끄럽고 슬픈' 몸으로, "내가 없는 나의 목소리"로 "하염없이 노래를 부른다". 거울 속에는 '내가 담긴 자루를 내가 끌고 가는' 장면이 흘러가고 이어서 "빈 수레가 돌아가는 골목길"이 등장한다. '나'는 어디로 사라진 것일까. 화자가 거울을 통해 확인하게 되는 것은 괴물과 같은 마음이다. 마음에 "박힌 못"은 어떻게 해야 할까. "박힌 못을 **빼내는**" 것과 "걸어둘 것을 서둘러 찾는" 것은 서로 다른 방향으로 난 길이다. 마음의 못에 걸어둘 것을 마련하는 태도는, 섣불리 생의 개혁을 추진하거나 쉽게 분노에 휩쓸리지 않은 채 생의 지리멸렬과 생활 속에서 터져 나오는 슬픔과 화를 응시하며, 그럼에도 생을 충실하게 살아내고자 하는 마음의 발현이라고 할 수 있다. 하지만 못은 여전히 거기에 박혀 있으므로 "걸어둘 것을 서둘러 찾는" 마음은 견딤의 힘이 되기도 하지만 슬픔의 원인이 되기도 한다.

부재를 응시하는 주체의 다음 걸음은 지도를 찾는 것이다. "세금 미납 통보 속에 있는가/신호 위반 고지서에 있는가/우리는…"(「우리는 영원히」), "보이지 않는 것들이 더 분명해지는 날들 위에 내가 나를 심문하는 동안 당신은 정말 어디에 있는가"(「당신은 어디에 있는가」)와 같이, '우리'의 위치를 더듬으며 '당신'의 소재를 질문하는 목소리는 '나'의 상실과 맞닿아 있다. 즉 '나'를 부르는 목소리와 다르지 않다.

그런 의미에서 녹(아내리)거나 사라지는 형상이 반복되는 것은 의미 있는 표지가 된다. 화자는 "눈덩이처럼 시선 없이 녹아내린다"(「낮잠 방해하기」)고 느끼거나 "사라지는 발밑에/나는 누구인가/나는 어디 숨었나"(「세개의 돌」)를 자문

111

한다. 또한 사라짐의 모티브는 모종의 죄의식과 연결되기도
한다. "가능한 모든 사람들"이 '나'를 비판하거나 모욕할 때
'나'는 "애벌레의 형식으로 웅크"린다. 팔다리가 없는 모습
은 이 시집에서 여러차례 반복되는데 그것은 벌레의 형상으
로 응집된다고 할 수 있다. 이때 기도하고 꿈꾸는 자세는 절
실하지만 무용하다. "기도하는 자세는 구걸하는 자세와 같
고/꿈꾸는 자세는 죽어가는 자세와 같아서", 어떤 간구와 희
망에 대해선 신도 인간도 속지 않는다(「가능한 모든 사람들」).

> 뜨거운 물 한바가지가 절실해서
> 두려웠다
> 나는 더러운 손을 펼쳐 들고
> 더이상 가지 못했다
>
> 산갈치는 아직 끝나지 않았다
> ──「산갈치」부분

산갈치는 길이가 십 미터 이상인 것이 있을 정도로 큰 물
고기이다. 산갈치를 끌어당기려다 미끄러진 '나'는 "흙"을
뒤집어썼으나 "더러운 손을 씻을" 수 없었다. 바다가 아닌
흙바닥에 누운 산갈치의 푸른 마음과 "더러운 손을 펼쳐 들
고/더이상 가지 못"하는 '나'의 두려움은 같은 것이어서, 시
인은 산갈치의 비유를 통해 자신을 들여다본다. "산갈치는

아직 끝나지 않았다"라는 신비로운 문장은 산갈치의 길이에서 착안한 것이겠지만, 지도 위의 먼 길과 "더러운 손"이라는 조건과 답을 찾을 수 없는 질문과 앞으로 나아가지 못하는 발걸음이 만들어낸 것이리라.

　비둘기의 청회색은 분명해서 누군가의 뒤통수는 예고 없이 깨지는 것인가. 담벼락에 기대어 헛것과 망상과 우울의 편에 서서 빗줄기를 편집한다.
　　　　　　　　—「보도블록 위에 떨어진 크래커 두조각」 부분


　물고기는 바닥에 가로누웠다. 개처럼 짖지 않고 물 밖으로 나가려 한다. 곧 새로운 발이 태어날 것 같다. 눈빛은 뾰족하고 주둥이는 차갑다. 나 말인가.
　　　　　　　　　　　　　　　—「물고기의 귀」 부분


　두편의 시에는 모두 주체가 "제자리(였)다"라는 진단이 담겨 있는데, 이는 무척 직설적인 비유라고 할 수 있다. 「보도블록 위에 떨어진 크래커 두조각」을 보면, 비가 오자 비둘기가 사라졌는데, "잔인한 혀처럼" 비둘기를 삼킨 빗방울은 사실 '나'를 먼저 삼킨 상태이다. 이것은 화자가 현재 비를 맞고 있다는 의미만은 아닐 것이다. 이는 "비둘기의 청회색"이 '분명하게' 감각되는 순간, 벼락처럼 '나'의 뒤통수가 깨지는 것 같은 순간, "비둘기도 나도 제자리다"라고 발화하는 순간, 그 순간에 들이친 "헛것과 망상과 우울"이 '나'를 삼켜 버린 것 같은 결정적인 감정을 묘사한다.

「물고기의 귀」에서 "뚫을 수 없는" "어항" 유리벽 안에 누운 물고기, '뾰족한' 눈빛과 '차가운' 주둥이를 가진 물고기는 "꿈속에서도 화가 난" '나'에 대한 비유이다. 숨을 제대로 쉴 수 없는 '나'에게 의사는 "얼굴에 비닐봉지를 쓰라고" 권한다. 히스테릭한 물고기의 표정과 말투 속에는 질식할 것 같은 답답함이 있을 것이며, 꿈에서조차 멈출 수 없는 화와 슬픔 이면에는 "발이 빠진 물고기"의 "계속 제자리"인 발걸음이 있을 것이다. 아직 끝나지 않은 산갈치, 빗방울이 삼켜버린 비둘기, 까슬까슬한 포즈의 물고기는 시인이 자신을 비유적으로 이해하는 형식이다. 그렇다면 다음 스텝은 무엇일까. '나'의 이름을 부르는 목소리, "마른하늘에 무지개를 띄우는 사람들의 목소리"를 찾아 걷는 것이다. 지금 당장 물속에 "새해 인사가 가닿지 않"더라도 그들의 목소리에 귀를 기울이는 것이다.


### 타인의 말[言]과 죽음의 연대

그런 의미에서 작은 목소리의 도서관에는 "코가 발달한 언어가 아니라 귀가 발달한 말"[3]로 쓰인 책들이 놓여 있다. 얼굴의 중심이 아니라 경계에 위치하는 것이 중요한 이유는

경계에서만 볼 수 있는 풍경이 있기 때문이다. 주류의 언덕이 아니라 변방의 구멍에 머물렀을 때에만 작동하는 상상력이 있기 때문이다. 그 풍경과 상상력 속에는 가족과 이웃이 있고 타자와의 연대가 있다. 그 과정에서 "귀가 발달한 말"은 무엇보다 타인의 '작은 목소리'를 들을 수 있는 능력을 지니고 있다. "물고기의 귀"는 타자의 존재와 시인의 상상력이 절묘하게 결합된 이미지인데, 시집 속에서 "물고기의 귀"의 능력은 자주 '폐허' 혹은 '죽음'의 감각과 마주한다.

날이 흐리다
곧 눈이 흩날릴 것이고
뜨거운 철판 위의 코끼리들처럼 춤을 추겠지
커다랗고 슬픈 눈도 새하얀 눈발도 읽어내기 어렵다
저 너머에만 있다는 코끼리의 무덤처럼 등이 굽은 사람들

시곗바늘 위에 야광별을 붙여놓은 아이는 아직 시간을 모른다
밤과 낮을 모르고
새벽의 한기와 허기를 모른다
별을 비껴 부지런한 시간을 바늘이 달린다

3) 이근화, 앞의 책 195면.

반짝이는 것에 기대어 말할까
별이 우리의 가슴을 흐른다면 속삭여볼까

아직은 잿빛 세상 속에 끼워 넣을 희미한 의미의 갈피
를 지니고 있는 존재들

날이 흐리고
눈이 흩날리는 시간은
케이크 위의 설탕 과자처럼 부서질 것이다
언제라도 떠날 수 있고
어디에나 이를 수 있겠지만

오늘밤 붙박인 사람들은 작은 손을 모은다
물에 잠긴 수도원을 서성이는 발걸음은
무의미하다
최선을 다한 기도처럼

차가운 창밖을 부지런히
성의껏 달리는
흰 눈송이들
잿빛 세상을 다독이려는 듯이
눈발이 굵어진다
                              —「별이 우리의 가슴을 흐른다면」 전문

아직 시곗바늘을 읽지 못하는 아이는 시간을 쪼개어 의미화하고 자본화하는 현대사회의 결핍과 불안을 모른다. 아이가 시곗바늘 위에 붙여놓은 "야광별", 파편화된 세계에서 반짝이는 그 별에 기대어 우리는 어떤 미래를 속삭일 수 있을까. "아직은 잿빛 세상 속에 끼워 넣을 희미한 의미의 갈피를 지니고 있는 존재들"에 귀 기울여볼 수 있을까. 이는 권여선의 소설 「재」의 한 문장인데, 이들은 "황량한 폐허 속에서도 무언가를 찾아낼 수 있고 찾아낼 수밖에 없는 존재들"이다.[4] 잿빛의 현실 위에 도서관을 짓고, 박힌 못에 걸어둘 것을 찾는 존재들이기도 하다. 「재」에서 가망 없는 수술을 앞둔 주인공은 마침 제발트의 소설 『토성의 고리』를 읽는데, 『토성의 고리』에는 온몸이 마비된 상태로 병원에 입원한 주인공이 나온다. 그가 병원 침대에서 바라볼 수 있는 세상은 "창틀 안에 갇힌 무채색의 하늘조각이 전부"였고, 이는 그에게 "현실이 영원히 사라졌다는 두려움"을 주었다.[5] 그는 극심한 고통을 감내하며 벌레처럼 기어서 기어이 창밖의 세상을 바라본다. 그는 시체처럼 누워 창틀 크기의 하늘만을 바라보며 절망하는 것이 아니라, 회색의 풍경, 사소한 사물들, 희미한 의미라 하더라도 무언가를 찾아내고 붙잡으려 애쓰

4) 권여선 『아직 멀었다는 말』, 문학동네 2020, 214~15면.
5) W. G. 제발트 『토성의 고리』, 이재영 옮김, 창비 2011, 11면.

는 존재인 것이다.

주체가 처한 '어쩔 수 없는' 조건에 의해 "붙박인 사람들"
이 있다. 병원, 도서관, 어떤 생활의 현장일 수도 있다. 창밖
은 결핍과 불안에 잠식당한 황량한 폐허이고, 내부는 현실
이 사라진 것만 같은 마음의 불모지이다. "붙박인 사람들"
이 잿빛 세상을 향하여 "작은 손"을 모으고 기도할 때, 그 기
도가 현실적인 힘을 발휘할 수는 없을 것이다. "최선을 다한
기도"는 무의미하다. 하지만 중요한 것은 기도의 효용성이
아니라, 그럼에도 '계속해보는 것'이다. 무의미 속에 끼워
넣을 "희미한 의미의 갈피"를 계속해서 생성해보려 하는 것
이다. "야광별"의 미래는 그 과정에서 구성될 것이다. "붙박
인 사람들"과 달리 자유로운 운동성을 지닌 "흰 눈송이들"
은 "성의껏 달리"면서 "잿빛 세상을 다독"인다.


　　머리를 긁적이는 것은 슬픔의 자세는 아니지만 고통의
　　형식은 아니지만 머리통 위에 손을 얹고 가만히 가족과
　　이웃과 친구 들의 혈액형을 떠올려보았다. 불분명하게 흐
　　르는 그것.
　　　　　　　　　　　　　　　　　　―「머리통 위에 손을 얹고 가만히」 부분


손을 모으는 것, 성의껏 달리는 것, 연대는 '죽음'을 둘러
싸고 이루어지기도 한다. 시집 곳곳에는 죽음의 소리, 죽음
의 냄새가 매설되어 있다. 예컨대 화자의 "발밑에서 산산조

각"난 작은 새, 새의 '따가운' 울음소리는 읽는 이를 숨 막히게 하는 죽음의 이미지이다(「산 새 죽은 새」). 시집에는 각각 환후(「물방울처럼」)와 죽음(「뜨거운 팥죽을 먹으며」)과 장례(「나가는 날」)의 날들이 지나가고 있다. "내가 죽었다고 슬퍼하는 사람들을 보며"(「바다의 책」) 눈물짓는 꿈은 당신(들)의 장례식과도 맞물려 있다.

이 밤에 가만히 "가족과 이웃과 친구 들의 혈액형"을 떠올리는 것은 "비상시 아이들을 먼저 구조"하듯이, 어떤 생의 구조와 관련이 있다. 죽음 앞에서 혈액을 나누는 동안, "눈물과 웃음", "잘못과 용서"의 어지러운 시간도 함께 흘러간다(「머리통 위에 손을 얹고 가만히」). 그 사이로 "불분명하게 흐르는 그것"은 '피'이지만 눈물이고 땀이며 죽음일 것이다. "머리통 위에 손을 얹고 가만히" 타인의 혈액형을 떠올려보는 것이 고통과 죽음으로부터 당신과 우리를 직접적으로 구원해주지는 못하더라도, 이로부터 발원하는 슬픔의 연대는 "뜨거운 입김으로 구성된 미래"를 이곳으로 당겨올 것이다.


눈을 감으면 양파도 사과가 되고


「귀신들은 즐겁다」에는 제목 그대로 귀신이어서 좋은 것들이 담겨 있다. 하지만 이 즐거움은 화자에게 '부재하는 것'에 대한 묘사이기도 하다. 이근화 시인에게 상상력은 부재를 무릅쓰는 힘이다. 비유가 주체와 세계의 결핍을 이해하는 방식이었다면 환상은 결핍을 보충하는 방식이라고 할 수 있다. 문장과 문장 사이에서 흘러나오는 무수한 슬픔의 맥락에도 불구하고 시인 특유의 명랑(성)을 잃지 않는 것 또한 상상력을 '친구처럼' 곁에 둔 생활과 글쓰기 덕분일 것이다. "상상력을 의인화하여"[6] 친구처럼 대하는 세계에서 귀신은 "여러 나라 말을 동시에 한다/미지의 언어로 울 수가 있다". 벌레의 몸이 되어 붙박여도, 흐릿한 눈이 되어 세계가 사라진 것만 같아도, 귀신의 눈으로 보기 때문에, 혹은 망상과 착란 속에서 보기 때문에, 제대로 못 보는 것이 아니라 '다르게' 보는 것이다.

눈을 감으면 양파도 사과가 되고
무엇이든 할 수 있다는 것
나는 기쁘다는 것
끝없이 자라서
물러진다는 것 썩는다는 것 무너진다는 것
　　　　　　　　　　　　　　　―「낮잠 방해하기」 부분


먼저 시의 정황을 살펴보면 이렇다. 「별이 우리의 가슴을 흐른다면」에서 "야광별"을 붙였던 아이는 소란스럽게 "막

6) 이근화, 앞의 책 223~24면.

춤"을 추거나 사랑스럽게 "입맞춤"을 할 것이다. 하지만 어떠한 식으로든 낮잠은 방해받는다. 내가 '나'로부터 어긋나는 것 같은 생활의 연속이다. "고드름 주의가 가장 무서"운 것은 고드름의 뾰족함이 자신이 무뎌지는 한편 날카로워진다는 것을 동시에 환기하기 때문이다. 그러나 "눈을 감으면" 지금 이곳에, 붙박인 자들에게도 '귀신의 세계'가 열린다. "눈을 감으면" 부재하는 것들을 볼 수 있고, 사라져버린 '나'를 만날 수 있다. "눈을 감으면" "양파도 사과가 되고", "갈 수 없는 나라"(「척추압박골절」)를 그려볼 수 있다. "무엇이든 할 수 있다는 것/나는 기쁘다는 것"을 실감하며, 환상의 문을 열어 일상에 균열을 만들고, 귀신의 세계를 개시하는 것이다.

> 시접을 넣는다,는 세탁소 아저씨의 말을 생각해본다
> 백광이나 거성, 이런 가게 이름을 중얼거려본다
> 크고 환한 별이 뜬다면 내 머리 위의 일은 아닐 것이지만
> 어떤 기다림 위에 명랑할 것, 지치지 말 것
> 이렇게 지키지 못할 약속을 중얼거려본다
> ──「물방울처럼」부분

하지만 「낮잠 방해하기」의 현실 속에서 '나'는 양파처럼 물러지고 사과처럼 썩어서 "무너진다는 것"을 시인은 알고 있다. 「물방울처럼」에서 화자는 전복을 다듬으며 아픈 이들

의 안부를 근심한다. 발화되지 못한 말들이 가슴속에서 뜨겁게 우글거린다. 타인의 병과 주체의 무기력. "돋아날 것 없는 희망"에 마음이 베이고, 베인 자리에 '시접을 넣어' 찢어진 마음을 기운다. 시접과 '나', 이를테면 화자는 옷 솔기 가운데 '접혀서 속으로 들어간 부분'에 대해 생각해보고, 내 마음의 '아픈 곳'이 어디쯤인지를 생각해본다. 백광(白光)이 '나'의 지도 위에서 빛나고 거성(巨星)이 '나'의 머리 위에 뜰 것이라고 기대하지는 않는다. '나'는 다만 "어떤 기다림 위에 명랑할 것, 지치지 말 것"이라는 주문을 되뇌어본다. 이 약속이 지켜지리라고 생각하기는 어렵다. 하지만 이 문장의 의미는 "지키지 못할 약속"에 있는 것이 아니라 "중얼거려본다"의 반복에 있다. 시인의 반복은 부재의 응시와 슬픔의 상상력을 장전한 것이어서 제 기운을 잃지 않는다. 구원은 약속에 있는 것이 아니라 반복에 있다.

"팔과 다리가 없는" 몸으로 "뿌리처럼 굳건"한 사랑을 계속해보는 것(「오두막에서」), 벌레 존재가 되어도 기어이 세상으로 난 창에 앞에 서는 것(「별이 우리의 가슴을 흐른다면」), '마케팅 사회'가 원하지 않는 책들을 성의껏 읽고 쓰는 것(「세상의 중심에 서서」)이 모두 같은 마음의 자세일 것이다. 그러니 "명랑할 것". 희망은 무용하고 무의미하게 우리를 베고 가지만, 귀신은 즐겁고 상상력은 힘이 세다. 시집은 「악수」라는 시로 시작한다. '악수'는 존재의 분열에 착안하여 읽을 수도 있고, 인생의 지도 위에 잘못 둔 수로 읽을 수도 있을 것이다. 하지만 시집의 첫 페이지는 '물을 퍼붓듯이 세게 내리는 비'라는 뜻의 '악수'로 읽어야 할 것 같다. 비가 세차게 내리는 시인의 밤이 깊을수록 "뜨거운 입김으로 구성된 미래"는 더욱 선명하게 떠오를 것이다.

金伶熙 | 문학평론가

　예전에는 시를 쓰는 것이 무척 재미있었다. 쓰고 또 쓰고
싶었다. 요즘에는 딱히 그렇지는 않다. 더 재미있는 일이 생
긴 것은 아니다. 시와 나 사이를 보호하는 데 실패했다고 해
야 하나. 그렇다고 해도 별로 두렵지는 않다. 여전히 시를 쓰
면서 나는 내가 아무것도 아니라고 생각한다. 별 볼 일 없는
내가 무용한 것에 매달리며 보내는 이 시간들에 큰 의미를
둘 생각이 없고, 그렇다고 절망할 이유도 없다.

　별 이유 없이 자다가도 넘어지는 나는 거칠고 딱딱한 책
정도에 비유하면 적당하지만 나는 나 자신을 요약정리 할 수
가 없다. 그저 마음속에 나무 한그루를 그려본다. 숲이라면
좋겠지만 그렇게 현명했다면 일은 많이 달라졌을 것이다.
가끔은 먼 곳의 친구들에게 편지를 쓴다. 내 것이 아닌 것들
을 공들여 호흡해보는 어리석음 같은 게 거기에는 있다.

　편집부에서 시집 제목으로 '검고 매끄러운 가능성'을 뽑
아주었는데 무척 마음에 들었다. 작품을 묶을 당시에 내가

생각했던 제목은 '뜨거운 입김으로 구성된 미래'였다. 쉼표와 마침표를 조정한 뒤에 두 제목이 함께 시집을 호흡하다가 출간되었다.

헌 옷 가게에서 스팽글이 주렁주렁 달린 옷을 하나 샀는데 그걸 입고 갈 데가 없다. 그냥 걸어두고 가끔 쳐다본다. 이 시집도 그렇게 될 것 같다. 나쁘지 않다. 아니, 감사한 일이다. 죽지 않고 서서히 늙어가는 일. 우연이라고 여기면 너무 냉담한 것 같고, 기적이라고 호들갑을 떨면 우스울 것 같다. 그 언저리에서 아침에는 명상을, 낮에는 독서를, 저녁에는 산책을. 순서는 바뀌어도 좋다.

2021년 여름
이근화

창비시선 463

뜨거운 입김으로 구성된 미래

초판 1쇄 발행／2021년 9월 3일

지은이／이근화
펴낸이／강일우
책임편집／최수민 이진혁 박문수
조판／박아경
펴낸곳／(주)창비
등록／1986년 8월 5일 제85호
주소／10881 경기도 파주시 회동길 184
전화／031-955-3333
팩시밀리／영업 031-955-3399 편집 031-955-3400
홈페이지／www.changbi.com
전자우편／lit@changbi.com

ⓒ 이근화 2021
ISBN 978-89-364-2463-3 03810